Bienvenue, Terrien !

Celui-ci est pour Niels.
Être un vrai Petit Monstre, c'est du boulot, tu sais.
Je te conseille de t'y mettre dès maintenant.
F. Colin

À Thinga, l'infâme trompettiste,
incorrigible blagueur mais à l'élégance rare.
G. Guerlais

Les mots du texte suivis du signe * sont expliqués
sur le rabat de couverture.

www.editions.flammarion.com

87, quai Panhard-et-Levassor – 75647 Paris Cedex 13
Dépôt légal : octobre 2013 – ISBN : 978-2-0812-8565-1 – N° d'édition : L.01EJEN000919.N001
Loi n° 49-956 du 16 juillet 1949 sur les publications destinées à la jeunesse

Fabrice Colin

Gérald Guerlais

Bienvenue, Terrien !

Castor Poche

Chapitre 1

Toc, toc ! Qui c'est ?

– Pfiou ! souffle Jack, planté au milieu du grenier. Cette fois, je touche au but !

Devant lui, une magnifique porte de bois munie d'un bouton doré. Reculant pour admirer son œuvre, le squelette souriant s'évente avec sa casquette. Puis, tout excité, il dévale l'escalier et appelle ses amis.

Ces derniers ont tôt fait de le rejoindre.

– Ta-da ! s'exclame Jack en leur présentant la porte.

Oliver hausse les épaules.

– Euh, on est censés te féliciter, là ?
– C'est juste une porte, renchérit Cassandra. Avec rien derrière. Tu ne veux pas nous aider à préparer la fête de l'Été, plutôt ?

Valentin cligne des yeux.
– À quoi sert cette porte, Jack ?
– À quoi sert-elle ? Mais enfin, les amis, vous n'avez pas écouté ce que je vous ai raconté l'autre jour ? C'est une porte di-men-sion-nelle ! Elle ouvre sur d'autres mondes !

Cassandra a des doutes.
– Lesquels, par exemple ?

– Qui sait ? répond Jack mystérieusement. (Il caresse la poignée.) En principe, on peut sélectionner n'importe quel univers d'une simple rotation. Bien sûr, il reste de menus réglages à effectuer mais…

– Tu sais ce qu'on pense de tes inventions, grogne Oliver : neuf fois sur dix, elles ne fonctionnent pas. Je parie que ce sera aussi le cas de celle-ci.

Jack croise les bras, vexé.

– Vous me mettez au défi ? s'emporte-t-il. Eh bien, entendu : vous allez voir ce que vous allez voir !

Joignant le geste à la parole, il enserre la poignée de ses doigts osseux.

– Hum… fait Valentin, je croyais qu'il restait de « menus réglages à effectuer ».

– Sans compter, ajoute Cassandra, qu'on a vraiment besoin de tout le monde pour les préparatifs de la fête de l'Été.

Jack l'ignore ; il ouvre la porte en grand.

– Admirez les prodiges...

Un flash aveuglant illumine la pièce, et une formidable bourrasque envoie valser tout le monde à terre.

– ... de la science, achève Jack, sonné.

Les Petits Monstres se relèvent tous en se frottant les yeux. Un brouillard rougeâtre se dissipe lentement ; une forme en émerge.

C'est un garçon de leur âge, avec des cheveux blonds et un gilet de laine. Mais un garçon plutôt bizarre : il n'a pas de cornes ni de longues canines, il n'est pas transparent, ne vole pas… et il tremble de partout.

Oliver fronce les sourcils.

– Qui c'est, celui-là ?

Complètement paniqué, le garçon tombe à genoux en agitant les mains.

– Pitié ! Ne me faites pas de mal !

Méfiante, la vampire s'avance.

– Comment tu t'appelles ? D'où est-ce que tu viens ?

– Mon nom est Gaëtan, bredouille le malheureux. Je viens de la Terre ! Où suis-je ?

– La Terre… répète Valentin, songeur.

Jack fait craquer ses os.

– Intéressant ! J'ai lu un article au sujet de la Terre dans *L'Encyclopédie des autres mondes*.

– Il paraît que c'est super ennuyeux, déclare Cassandra.

– Plus ennuyeux qu'un week-end à Rien-Ville ? demande Oliver.

La vampire hausse les épaules.

– Tu n'as jamais mis les pieds à Rien-Ville.

– Bien sûr que si ! proteste le démon. J'avais six ans, c'était pour le mariage de ma tante Langoria, il y avait eu un lâcher de ballons et…

– Dites, s'il vous plaît…

Toujours agenouillé sur le seuil, Gaëtan les implore. Les Petits Monstres se tournent vers lui.

– Je voudrais seulement… rentrer chez moi, murmure le Terrien.

Oliver plisse le front.

– Eh bien, pourquoi tu ne repars pas par où tu es venu ?

Le démon passe une main dans l'embrasure* – sans le moindre effet. Jack s'approche à son tour. Il ferme la porte, l'ouvre, la referme. De l'autre côté, le grenier et rien d'autre.

– Un souci ? demande Cassandra.

L'air préoccupé du squelette ressemble à un aveu.

– J'ai peur que l'affaire soit plus compliquée que prévu, marmonne-t-il. Cette porte est de type unilatéral.

– Ce qui veut dire ?

– Qu'elle ne fonctionne que dans un sens.

Gaëtan, lui, a joint les mains et murmure une prière, ce qui a le don de mettre Cassandra hors d'elle.

– Bon, arrête de paniquer comme ça, maintenant ! Si on voulait te dévorer, on l'aurait fait depuis longtemps, d'accord ?

La porte dimensionnelle de Jack a fait apparaître un Terrien à Tenebria ! Mais son retour chez lui n'est pas si simple...

Chapitre 2

Jack aime les maths

Rassemblés dans la cuisine, les Petits Monstres font cercle autour du malheureux Gaëtan, à qui ils ont gentiment servi un verre de chocolat chaud.

– Vous me jurez que ce n'est pas une potion qui va me transformer en crapaud ? s'inquiète le garçon.

Oliver ricane.

– Tu crois qu'on te le dirait ?

Les autres le fusillent du regard. Gaëtan se recroqueville* sur sa chaise.

– Jack, s'impatiente Cassandra, combien de temps te faut-il pour construire une porte capable de renvoyer notre ami sur la Terre ?

Le squelette se gratte le crâne.

– Ce n'est pas une question de temps. Plutôt de matériel.

Valentin fronce les sourcils.

– Comment ça ?

– Eh bien, reprend leur ami, construire une porte qui marche dans les deux sens, ça ne se fait pas tout seul. Il faut un enduit spécial, que je ne possède pas.

Cassandra lève les yeux au ciel.

– Et où peut-on le trouver, cet enduit ?

Jack ne répond pas. Il se penche vers le réfrigérateur. Parmi les prospectus aimantés sur la porte, un, en particulier, semble retenir son attention.

– Je crois… que j'ai une idée.

Les autres suivent son regard. Cassandra devient encore plus pâle que d'habitude.

Le Salon des sciences ! Ce truc insupportablement ennuyeux où Jack tenait tant à les emmener l'année dernière ! On dirait que le squelette n'a pas perdu espoir.

Oliver détache le bout de papier, le retourne et le parcourt à haute voix.

– « Entrée gratuite pour les forts en maths, animations nocturnes spéciales multiplications, grand concours de calcul mental », bla, bla, bla… Dis, tu veux notre mort ou quoi ?

Jack hausse les épaules.

– Vous m'avez assez répété que je ne devais pas me refermer sur moi-même et partager ce qui m'intéressait avec les autres. En fait, vous n'en pensiez pas un mot, hein ? Pas grave. Je vais y aller tout seul.

– Et moi, je deviens quoi, dans l'affaire ?

Gaëtan, qui tient toujours son verre de chocolat serré entre ses doigts, promène partout des regards apeurés.

Valentin pose une main sur son épaule.
– Ne t'inquiète pas.

Facile à dire ! Il y a quelques minutes à peine, le jeune Terrien ouvrait la porte d'une vieille armoire dans la chambre de son grand-oncle. Comment aurait-il pu savoir qu'il s'agissait d'un placard magique ?
– C'est moi qui ai créé ce problème, déclare Jack en rajustant sa cravate, c'est à moi de le régler. Je vais partir pour Presque-Ville et…
– Comment ?

Il se tourne vers Cassandra.

– Comment ça, « comment » ?

La petite vampire prend un air malicieux.

– Je veux dire, tu comptes t'y rendre en train ? Parce qu'ils ont fermé la gare il y a trois ans à cause d'une attaque de Trucs Géants & Visqueux. Aucun taxi ne t'emmènera là-bas. La route est barrée, et c'est à dix jours de marche au minimum, poursuit son amie. Ah, et le chemin longe les collines de l'Enfer-Grave.

– Je suis au courant, merci.

Un silence pesant s'installe. Découragé, Jack tire une chaise et attrape le chocolat de Gaëtan, qui n'y a pas touché. Lui non plus ne le boit pas.

Cassandra pousse un énorme soupir.

– Tu es pénible, Jack Squelette. Tu sais que je m'étais juré de ne jamais mettre les pieds au Salon des sciences. Mais tu sais aussi que je déteste voir mes amis tristes. Alors voilà, je pense qu'il existe une solution : Lily-Belle.

– Lily-Belle la dragonne ? reprend Oliver.

La vampire approuve.

– Ça fait un bon moment qu'elle veut aller à Presque-Ville. Je crois qu'elle aimerait acheter quelque chose de spécial là-bas. À cause de sa taille, elle n'a jamais osé s'y rendre toute seule. Si elle part accompagnée, elle se sentira plus à l'aise.

Jack hausse les épaules.

– Essayons ça.

La solution pour renvoyer Gaëtan chez lui se trouve au Salon des sciences ! Lily-Belle la dragonne emmène les Petits Monstres.

Chapitre 3

Futile toi-même !

– Si vous saviez ce que je suis heureuse ! déclare la dragonne, enchantée, en se baissant pour laisser les Petits Monstres se jucher sur son dos : ils ont ouvert une boutique *Rêves et beautés* à Presque-Ville, et il paraît qu'on trouve là-bas le meilleur fard à paupières de Tenebria !

Jack se passe une main sur la figure. Les filles veulent du maquillage, Oliver a fait part de son intention de s'acheter un bâton magique : quelque chose lui dit que ce voyage ne va pas être de tout repos.

Valentin, lui, n'a pas trop envie de venir, mais il a encore moins envie de rester seul au manoir. C'est donc un voyage de groupe.

La dragonne tourne son museau vers Gaëtan, qui attend tout frissonnant.

– Et lui, il ne monte pas ?

Jack installe le malheureux sur la selle.

– Il est ici en visite touristique, explique-t-il.

– On peut faire une visite touristique paupières closes ?

Coincé entre Valentin et Cassandra, le Terrien, qui a fermé les yeux, essaie de respirer à fond.

– Un dragon, marmonne-t-il. Je suis assis sur un dragon. Calme-toi, Gaëtan. Ça doit être un cauchemar.

– Au fait, souffle Valentin à son oreille, si tu es malade en avion, je te conseille de garder les yeux fermés pendant le vol.

– Le vol ? répète Gaëtan, incrédule.

À peine a-t-il prononcé ces mots que Lily-Belle se met à courir avec de grands battements d'ailes. Prenant de la vitesse sur le chemin de l'école, elle se hisse d'un coup dans les airs. Tout le monde crie de joie… sauf Gaëtan, qui hurle de peur.

En contrebas, les plaines et les montagnes de Tenebria défilent sous des chapelets de nuages. Juché à l'avant, Oliver lève les bras en l'air.

– Je suis le roi du monde !

Cassandra lui pince le dos.

– Tu regardes trop la télé, toi !

Jack, lui, a les yeux perdus dans le vague. Le Salon des sciences ! Ça fait tellement longtemps qu'il attend ça ! Déjà, il songe à tous les stands qu'il va pouvoir visiter. Chimie, magie, potions & sortilèges !

Après une bonne demi-heure de vol, le paysage commence à changer. Les contreforts* des collines de l'Enfer-Grave deviennent plus pentus, et la masse sombre de la Forêt Que-Personne-Ne-Conseille s'étend sur le côté tel un océan noir. Bientôt, les tours et les flèches

de Presque-Ville se découpent avec netteté dans la grisaille.

– L'aérodrome ! indique Jack en désignant un immense rectangle de pelouse.

En bas, une multitude de créatures volantes, à plumes ou à écailles, atterrissent ou décollent dans un joyeux désordre.

La dragonne se pose en douceur pour laisser ses passagers descendre. Aussi raide qu'un piquet, Gaëtan refuse d'ouvrir les yeux. Non loin de là, une hydre s'est assise pour se nettoyer les ailes. Tout à côté, deux basilics gros comme des camions jouent aux cartes.

Sans s'attarder, le petit groupe prend le chemin de Presque-Ville. Les hautes portes de pierre se dressent à l'horizon.

Jack se tourne vers Lily-Belle.

– Alors comme ça, vous voulez acheter du fard à paupières ? Ah, ah ! C'est bien un truc de filles, ça !

Oliver ricane sous cape.

– Oh ! regardez-moi, poursuit le squelette en mimant révérences et courbettes, je suis une dragonne pleine d'écailles, mais je prends grand soin de mon regaaaard !

Cassandra toise son ami avec colère. La dragonne, elle, s'arrête carrément au milieu du chemin :

– Alors, c'est ainsi que tu me remercies de t'avoir conduit jusqu'ici, Jack Squelette ? Eh bien, tu peux toujours courir pour que je te ramène !

Elle et Cassandra hâtent l'allure, laissant les garçons décontenancés. Jack hausse les épaules.

– Bah. On se débrouillera sans elles.

À l'entrée de la ville, collé à la muraille, trône un majestueux chapiteau noir et violet flanqué d'une banderole. Le Salon des sciences !

Lily-Belle et Cassandra passent devant sans s'arrêter, franchissent les portes de Presque-Ville, et s'enfoncent aussitôt dans les ruelles montantes.

– Tu les as vraiment vexées, regrette Valentin.

Jack fait celui qui n'entend pas.

– Pourquoi est-ce que cet endroit s'appelle Presque-Ville ? demande Gaëtan d'une petite voix.

– Parce que, répond Oliver, c'est à la fois une ville et une créature vivante : une créature qui respire – ou presque.

Le Terrien déglutit.

– Mais tu n'as pas à t'inquiéter, reprend le démon, qui se veut rassurant : elle ne s'anime que lors des nuits de pleine lune.

TIONS
MERL
TIONS
KARLITA
HERBES MAGIQUE

Dès l'atterrissage à Presque-Ville, la troupe se sépare ! Lily-Belle et Cassandra ne supportent plus les moqueries de Jack.

Chapitre 4

Nous, les Terriens, on aime ça

Le quatuor se dirige vers le Salon. Jack achète quatre entrées, et voici nos garnements déambulant parmi des stands tous plus bizarres les uns que les autres.

Il y a là des étals de potions multicolores et d'objets farfelus, des sorciers en démonstration, des piles de grimoires, des flacons emplis de liquides bouillonnants, et même un stand de machines à remonter le temps.

Jack, Oliver et Valentin encadrent Gaëtan, qui semble toujours aussi perdu.

– Hé ! on peut aller voir les bâtons magiques ? demande Oliver.

Jack secoue la tête.

– Je te rappelle que nous devons trouver le stand des portails. Pas question de se disperser !

– Dis donc, proteste Oliver, on est déjà bien gentils de t'accompagner. Pas vrai, Valentin ? Euh, Valentin ?

Les deux amis se retournent : le fantôme a disparu.

– Où est-il encore passé ? bougonne Jack.

Oliver a un geste vague.

– Peut-être qu'il en avait assez d'obéir tout le temps à tes consignes.

Agacé, le squelette tripote son nœud de cravate.

– Ah, tu m'énerves ! Va rejoindre les autres, puisque ma compagnie est si dure à supporter ! Gaëtan et moi, on va se débrouiller seuls.

Le Terrien lève un petit doigt.

– Pardon, mais est-ce que je peux signaler quelque chose ?
– Non !

D'autorité, Jack entraîne le garçon dans une allée. Ils manquent de bousculer un cyclope.
– Je ne voudrais pas insister, murmure Gaëtan, mais je crois qu'on est suivis.
– Non, non, fait le squelette, je connais Oliver : il est parti bouder.

Mais Gaëtan insiste :
– Il y a deux créatures derrière nous, avec des robes grises à capuche.

Jack se retourne : personne, bien sûr. Satisfait, il se remet en route. Seul ! Il va enfin pouvoir agir à sa guise.

Se frayant un chemin parmi la foule, il tire le Terrien à sa suite et finit par repérer le stand qui l'intéresse.

Il y a là toutes sortes de portes : en fer, en bois, en or – il y en a même une en diamant –, ainsi qu'une foule d'accessoires.

Jack repère un vendeur (un type à deux têtes avec un costume de velours bleu et un badge le désignant comme « employé du mois »), et lui explique rapidement son problème. Une tête écoute avec attention tandis que l'autre cherche déjà l'article dans les étagères.

– J'ai ce qu'il vous faut ! s'exclame le vendeur en tendant au squelette un pot de peinture verdâtre. Avec l'enduit magique spécial aller et retour, votre porte fonctionnera dans les deux sens, c'est garanti. Et si vous en prenez deux, je vous fais un prix.

– Euh, Jack…

Irrité, le squelette se tourne vers Gaëtan, qui tire sa manche avec insistance.

Deux grandes créatures élancées, dissimulées sous de longs manteaux gris, se tiennent juste derrière lui. Leur peau est toute sèche et leurs petites dents incroyablement pointues.

Des liches ! Des sortes de morts-vivants, mais en plus réveillés, et beaucoup, beaucoup plus méchants.

Jack n'est pas très rassuré.

– Dis-moi, mon jeune ami, commence l'une des créatures d'une voix de crécelle. Combien pour ce magnifique Terrien ?

Le sourire des liches étincelle dans la pénombre.

– Il se trouve, ajoute la seconde, que nous cherchons exactement ce genre de spécimen pour nos expériences scientifiques. Ça ne se trouve pas comme ça, un Terrien. Nous t'en offrons cent écus !

Essayant de cacher sa peur, Jack s'éloigne avec son protégé.

– Navré, messieurs. Pas intéressé.

– Tu n'as pas bien compris ! grince la première liche en le rattrapant. Soit tu nous vends le Terrien, soit on te le prend de force.

POTIONS

Le squelette s'arrête et feint de réfléchir.
– Et si j'allais parler de tout ça à la police, hein ? propose-t-il en désignant le fond du chapiteau.

Les liches se retournent. Saisissant l'occasion, Jack pousse Gaëtan en avant.
– Cours !

Les voici lancés dans une folle cavalcade à travers la foule.
– Pardon. Pardon !

Bousculés, les visiteurs protestent avec colère. Débouchant à l'autre extrémité du

chapiteau, le squelette et le Terrien reprennent leur souffle. Mais, déjà, les liches sont à leurs trousses. Elles n'ont pas abandonné la poursuite.

Se ruant vers l'aérodrome, Jack agite les bras en criant.

– Oliver ! Valentin ! Mince, réalise-t-il. Ils sont tous partis !

C'est alors que, comme par miracle, le démon apparaît sur la route, brandissant un bâton magique.

– Jack ! Gaëtan ! Par ici !

Jack et Gaëtan sont poursuivis par deux terribles liches qui veulent s'emparer du jeune Terrien. Oliver leur vient en aide.

Chapitre 5

C'est bien parce que c'est toi !

Un vrombissement furieux leur fait tourner la tête. À califourchon sur une moto, les liches foncent droit dans leur direction.

Où sont les autres ?

Pointant son bâton magique vers les créatures, Oliver leur décoche une rafale d'éclairs qui les oblige à reculer.

Jack et Gaëtan le rejoignent à toute allure.

– Il faut absolument que Lily-Belle nous sorte de là, halète le squelette.

Oliver raille :

– Après la façon dont tu t'es moqué d'elle ? À mon avis, ce n'est pas tout à fait ga…

Il n'a pas le temps de terminer sa phrase. Venue de la ville, la silhouette de la dragonne fonce vers eux, volant à ras de terre. Sur son dos, Cassandra… et Valentin.

Jack, Oliver et Gaëtan se précipitent dans leur direction. Mais les liches, toujours en selle, ont repris la poursuite.

Très vite, la dragonne arrive à hauteur des fugitifs. Cassandra et Valentin tendent les bras pour hisser leurs amis qui galopent le long de la dragonne.

– Sautez ! Vite !

Les ailes de Lily-Belle fouettent l'air, mais la moto des liches se rapproche dangereusement. Des boules de feu commencent à fuser dans tous les sens.

Oliver a pris place. En pleine course, Jack soulève Gaëtan et le juche sur la croupe de la dragonne. Il veut sauter à son tour, mais trébuche. Et Lily-Belle s'éloigne…

Le squelette perd du terrain.

– À présent, souffle-t-il, je comprends mieux de quoi vous parliez quand vous disiez : « Tu peux toujours courir ».

Penché sur la selle, Valentin tend une main à son ami, qui parvient à l'agripper de justesse. Sauvé !

Donnant un puissant coup de pattes, la dragonne prend de la hauteur. Soulagé, Jack tapote l'épaule de Valentin.

– Dis donc, lâcheur, où étais-tu passé ?

Cassandra répond à la place du fantôme.

– Le « lâcheur », comme tu dis, a eu l'immense gentillesse de nous acheter du fard à paupières, à Lily-Belle et à moi, dans une boutique où nous n'avons pas pu entrer.

– Ah bon ?

Jack est étonné.

– Oui, précise la dragonne, parce que je suis soi-disant trop grande. (Elle lève les yeux au ciel, vexée.) Bref. C'est Valentin et lui seul qui m'a convaincue de venir vous rechercher. Moi, j'étais restée sur ma première idée.

– À savoir ?

– Vous laissez vous débrouiller.

– Attention !

Une nouvelle boule de feu vient de passer juste devant eux. Les liches sont toujours là ! Et voilà que leur moto s'est transformée en engin volant à hélices !

Leurs longs manteaux claquant au vent, les créatures hideuses ont tôt fait de rattraper la dragonne. Une autre attaque s'annonce.
– Ma parole ! s'exclame Oliver, son bâton pointé vers leurs ennemis, elles ne vont jamais nous lâcher. Qu'est-ce qu'elles veulent, à la fin ?
– Moi ! gémit Gaëtan.

Front plissé, Oliver tente de décocher une série d'éclairs vers la machine. Mais son bâton ne produit plus rien.

– Zut ! peste-t-il, ça ne marche plus. (Bravant les rafales de vent, il s'efforce de défroisser le mode d'emploi glissé dans sa poche.) « Attendre… dix minutes… pour le… rechargement. » Ah, quelle cochonnerie !

La moto volante des liches est désormais si proche que la troupe distingue les sourires vicieux* des créatures. Visiblement, elles sont prêtes à lancer une nouvelle salve de boules de feu, que Lily-Belle aura du mal à éviter.

– Débarrassez-moi de ces deux gêneuses ! grogne-t-elle en donnant un coup d'aile à gauche. Je ne peux pas voler et me défendre en même temps.

Le vrombissement des hélices devient assourdissant. Une boule de feu fuse encore, effleurant l'aile de la dragonne.

Avec un gémissement de douleur, celle-ci est obligée de virer de bord.

– Aaaaah !

Les Petits Monstres et Gaëtan s'accrochent à la selle.

– Donnez-nous le Terrien ! siffle une liche, et nous vous laisserons tranquilles.

Les créatures sont prêtes à bondir sur la dragonne.

– Au secours ! gémit Cassandra.

Alors, sans réfléchir, Oliver jette son bâton dans une hélice.

Aussitôt, le mécanisme s'enraye. L'hélice commence par ralentir puis se bloque, et la turbine explose avec un craquement de pop-corn. Une fumée noire s'en échappe. La moto volante se met à piquer du nez. Écœurées, les liches sont bien obligées d'abandonner la poursuite. Leur engin chute vers la plaine en tourbillonnant.

Tout le monde félicite Oliver, qui regarde tristement ses mains vides.

– Un bâton magique tout neuf. Vous croyez qu'on me le remboursera ?

Pour sauver ses amis, Oliver jette son bâton magique sur la moto volante des liches qui les poursuivaient.

Chapitre 6

ce n'est qu'un au revoir

Lily-Belle poursuit sa course vers l'est, traversant une épaisse couche de nuages. Durant le reste du vol, personne ne pipe mot.

Jack s'en veut beaucoup. Non seulement il s'est moqué des filles et il n'a pensé qu'à lui mais, en plus, il n'a pas ce qu'il était venu chercher.

Bientôt, une pluie lourde se met à crépiter sur les voyageurs. Le squelette, qui a perdu sa casquette dans la bataille, courbe l'échine pour protéger Gaëtan, derrière qui il s'est installé.

Le Terrien se retourne.

– Ce n'est pas ta faute. Tu as fait tout ce que tu as pu.

Pour finir, les tourelles du manoir de Darkshire émergent de la grisaille. D'un agile battement d'ailes, la dragonne plonge vers le jardin et se pose, laissant descendre un à un ses petits passagers sous le regard étonné de Fernand, l'arbre parlant.

Jack avance vers la dragonne.

– Il y a deux jours, fait celle-ci sans même se retourner, Cassandra m'a parlé de votre fête de l'Été. Franchement, je ne sais pas si j'ai toujours envie d'y participer.

– Je suis vraiment désolé, lâche le squelette.

Lily-Belle s'éloigne.

– Bon, j'ai mon fard à paupières, c'est l'essentiel. Tu diras merci à Valentin pour moi.

Tout penaud, Jack regarde la dragonne s'éloigner. Ses amis font cercle autour de lui.

– Tu peux dire merci à Oliver aussi, ajoute Cassandra. Il a sacrifié le bâton qu'il avait acheté.

Retournant vers le manoir, le squelette se prend la tête à deux mains.

– Oh, je suis un misérable ! Je n'ai pensé qu'à mes os !

Des doigts se posent sur son épaule : ceux de Gaëtan.

– Ne t'en veux pas trop. Au départ, ce que tu souhaitais, c'était me renvoyer chez moi, non ? Alors, merci d'avoir au moins essayé !

Jack a un geste de dépit.

– Tu es gentil, mais je n'ai pas la moindre idée de la façon dont nous allons nous y prendre, maintenant.

Cassandra le rejoint sur les marches et sort de ses poches de pleines poignées de petits sachets brillants.

– Et ça, est-ce que ça peut t'aider ?

Émerveillé, le squelette ouvre alors de grands yeux.
– De l'enduit magique pour porte dimensionnelle ! Cassandra, tu es géniale, où est-ce que tu as trouvé ça ?
– Ils distribuaient des échantillons partout dans la ville pour une campagne de publicité. Je suis repassée trois fois pour en prendre. Je ne sais pas pourquoi, mais je me suis doutée que vous auriez des problèmes. Après tout, vous êtes des garçons. En tout cas, j'espère que ça suffira.

– On va le savoir tout de suite. Ouah, j'ai vraiment les meilleurs amis du monde !

Aussitôt, les Petits Monstres et Gaëtan se précipitent au grenier. Jack saisit un pinceau et se met à badigeonner le chambranle*. Ses amis lui prêtent main-forte en déchirant les petits sachets.

En dix minutes, la porte est devenue toute verte. Les Petits Monstres reculent pour jauger l'effet produit.

– Ça devrait marcher, murmure le squelette. Gaëtan, tu veux essayer ?

Tout ému, le Terrien s'avance vers le seuil. Les autres l'entourent affectueusement.

– Tu es sûr que tu ne veux pas rester pour notre fête ?

– Merci, mais mes parents vont s'inquiéter. Je reviendrai vous rendre visite.

Jack regarde timidement ses pieds.

– Promis ?

Le Terrien lève un pouce.

– J'ai compris que je n'avais rien à craindre de vous, assure-t-il. En fait, vous êtes comme les enfants de la Terre. Avec juste des griffes et des crocs en plus.

Doucement, il ouvre la porte. Puis, se retournant, il salue ses nouveaux amis. Pour finir, il s'avance dans un grand bain de lumière et referme derrière lui.

Le silence est total. Le visiteur de la Terre a bel et bien disparu. Jack desserre sa cravate. Tout le monde voit bien qu'il est triste.

– Écoute, déclare Cassandra en le prenant par l'épaule, tu as eu besoin de nous ; cette fois, c'est nous qui avons besoin de toi. On a une fête à préparer.

– Alors, c'est vrai ? demande le squelette. Vous ne m'en voulez pas trop ?

Au bas des marches, Oliver lui adresse une grimace moqueuse.

– Disons qu'on t'aura vraiment pardonné quand tu auras été chercher Lily-Belle pour qu'elle se joigne à nous.

Les voici aux portes du manoir. Jack pousse la lourde grille.

– Bonne chance pour tes explications ! lui lance Cassandra en riant. Et prends ton temps, surtout. On t'attendra pour préparer les gâteaux.

Jack descend le sentier. L'idée d'aller trouver la dragonne pour lui présenter de vraies excuses le rend malade d'avance – tout le monde sait que Lily-Belle n'est guère commode – mais, quand il se retourne et qu'il voit les lumières allumées du manoir, quand il pense à ses amis et à la fête qui s'annonce, il est sûr, d'un coup, que tout va très bien se passer.

❶ L'auteur

Fabrice Colin écrit des romans : hélas – ou heureusement ? – il ne sait faire à peu près que ça. Ses livres sont emplis de rêves, de monstres, de forêts profondes et de morts bizarres. Dans la vraie vie, il est fan de sa femme, du PSG et de n'importe quoi avec du curry !

❷ L'illustrateur

Gérald Guerlais : S'enfermant dès le plus jeune âge dans la plus haute tour du manoir familial, le jeune Gérald écoute ses démons et noircit les toiles blanches des fantômes qui partagent ses nuits d'épouvante. Vampirisé par ses crayons pour kraft, il se destine à dessiner à jamais, sans encombre jusqu'à la tombe. Atteint d'un sortilège artistique vaudou, il crée sans relâche, surtout les nuits de pleine lune où ses pinceaux pince-sans-rire ne rebroussent jamais poil avant l'aube.

Table des matières

Achevé d'imprimer en août 2013,
chez Pollina S. A. (France) - L65676